かげろう源氏物語

堀江秀治

文芸社

かげろう源氏物語◎もくじ

第一章

藤原正清は藤原家の二人息子の次男である。藤原家は「光電気」を営む同族会社で、富豪といってもよい。

次期社長は長男の正澄が継ぐことになっている。兄は経営能力もあり、社交的でもありすでに結婚し、一男一女を儲け藤原家は安泰といってよかった。

対し弟の正清は、父親の会社に勤めながら平社員であった。それは自分の能力を知る彼本人が望んだことである。それは会社にとっても同族であろうと、能力主義の方針でいくという社員に与える影響は少なからずあった。が、父親の正徹にしてみればどことなく不憫な気もしたが、本人が望むことなので公正に扱った。

そうであれば、兄弟関係も極めてよく、家族の絆も強かった。

正清は誰からも好かれる反面、どこか誰からも黙殺されるようなお飾り的一面を持っていたことも否めなかった。

従って彼は、男子社員の間では特に社長の息子という扱いは受けなかったし、また彼自身口数の少ない、おとなしい男だったから、影が薄いという意味において、どこか浮いた存在でもあった。仲間と一杯やるということもなかったし、また話題に上ることもなかった。それは次期社長である正澄の社交性とは好対照であった。

また女子社員の間でも、社長の息子という点で関心を持っても、彼の影の薄さがどこか女嫌いという印象を与え、近づく者はいなかった。

とはいえ、社内で平凡な平社員という地位は保てていた。

正清は父から中流のマンションを与えられ、身の回りのことは通いのお手伝いさんに遣ってもらっていた。もっとも通いのお手伝いさんといっても、もともと藤原家に住み込んでいる女《ひと》である。彼はそれを恵まれていると思ったこともなかった。子供のときからそうした生活をしてきたからである。だからいまだに小遣いを貰うことにも抵抗がなかった。

そんな彼には趣味と呼べるようなものもなかった。つまり自分がなんで生きているのか、という疑問さえ浮かんだことがなかった。

唯一の趣味と呼んでいいかどうか疑問だが、それは会社帰りにある決まった高級ホテルのバーのカウンターで独り、ウイスキーを一、二杯呑むことだけであり、後は満員電車に揺られて家に帰るだけという、至極つまらぬ男であった。まあ取り得といえば、多少見映えがいいくらいだが、本人にその自覚がなかった。

彼の精神年齢は、ある部分においては小学生並みと言ってもよかった。

たとえば彼が好んでそのバーに行くのは、彼にとってそのときが「ほっとできる時間だ」という自覚がまるでなかったことである。しかしそれを自覚できぬところに彼の幸福があったとも言える。

そのバーに通い続けるうち、あるときから気づき始めたことがあった。いつもカウンターの遠い所に、ほとんどいつも若い女性が一人座っていることであった。初めはこんな早い時刻に、しかも女性独りでという思いであったが、どうも「美人」らしく見える。彼が美人という言葉を意識して使ったのは、彼自身、無意識にではあるが、彼にとって美人とは「高嶺の花」と同義語であったからである。その高嶺の花を見ることで、彼のバーへ通う楽しみも増えた。

とはいえ、これまで女性関係がまったくと言っていいくらいない正清には、女性に近づく度胸もなければ、女も彼には無関心そうに見えた。だが長い間互いにこうした状態でいるということは、無意識のうちにも心の内で関心を持つことになってもおかしくはない。

こんなことが半年も続いた。変といえば変である。それに気づいたのは顔馴染みのバーテンダーだったのかもしれない。

「いつもご贔屓にしていただいてありがとうございます。本日は当ホテルからのお礼として、一杯ご馳走させていただきたく存じます。もしよろしかったら、あちらのご婦人もご贔屓にしていただいていますので、ご一緒にどうでしょうか?」

正清の頭は真っ白になってしまったが、まるで条件反射のように頷いていた。バーテンダーは例の女性の所へ行き、ちょっと喋っていたが間もなく女を連れて戻ってきた。正清はウイスキーを、女はワインを頼んだ。そして一応、姓名を名乗った。やっぱり美人だと思った。

正清が「藤原正清」と告げたとき、気のせいか睨まれたように感ぜられた。

「私は環《たまき》原子」

その日はわずかに世間話をするだけで別れた。

が、それからもほぼ毎日のように会っていると自然に会話も解《ほぐ》れてきた。

原子は自分が国文学専攻で、「環《たまき》は『たまきはる宇智の大野に馬並めて朝踏ますらむその草深野』のたまき」だと言った。

彼女が国文出とは、正清には意外に思えた。どう見ても国文とは無縁な、いかにもお金持ちという服装をしていたからだ。

正清が、じろっと見たせいかもしれない。

「この洋服、私の趣味じゃないの。父が与えてくれるものを着ているだけ」

正清は「そういう金持ちの家もあるのだ」と思った。

「ねえ、お食事しない？」と女から誘ってきたのは意外だったが、

「ええ、いいですよ」と答えていた。本音では嬉しかったのである。

ちらっとバーテンダーを見たら、にこりと笑ったので、正清は「ありがとう」の意を込めて笑い返した。


「いいお店知ってる?」

「和洋中、一応は」

正清は食道楽ではなかったが、しばしば一家で外食に出る関係上、相当数の一流店は知っていた。

「私、和食がいいわ」

「京和食でいいですか」彼なりに、彼女が国文学専攻と聞いたから、京都を選んだのだが、彼女には通じなかったようだ。

「和食ならなんでもいいわ」

彼は「村雨」という、いかにも食通がかよいそうな小綺麗な、さほど大きくない店に案内した。

それまでもタクシーの中で彼の心に蟠《わだかま》っていた不安が、店の座敷に通されるといよいよ高まった。それは彼には女性と喋れるような話題が一つもないことだった。まさか経済について論ずるわけにもゆくまい。

しかし案ずるより産むが易しだった。原子がとうとうと国文学について喋り出したのだ。正清にはそれが、彼女の心のなかに溜まっていたものを吐き出すように感ぜられた。

それは正徹が「母さんは天気がいいだけで五分も喋れるんだから感心するよ」と笑いながら言っていたのを思い出させた。

彼女は『源氏物語』について一人講釈するように喋った。聞き手のことなど御構いなしである。

しかしそれは正清には有難かった。相槌を打っているだけで良かったから。

彼らのデートは、バーで会い、食事にゆき、彼女が『源氏物語』の講釈をする、というのが一つの定番になっていった。

ただ一度、それを外れ、彼女が本音のようなものを見せたことがあった。酒が回っていたからかもしれない。

「私、あなたが藤原と名乗ったとき、嫌な顔しなかった?」

「した」とは言えなかったから「そんなことないよ」と言った。

「私、藤原兼家って男、大嫌いなの」

「そいつどこの奴だい?」

「どこって昔の人よ」

正清には、「昔の人間が大嫌い」という彼女の感覚がよく分からなかったから「死人なんだろう?」と訊いた。

「そう、死人、でも生きているわ。……かげろう日記知ってる?」

彼女の酔い具合から、知らぬとは言えぬ雰囲気があったので「聞いたことはあるよ」と答えた。

「兼家は女をいじめるゲスなのよ。家《うち》の父親と同じよ。それにね、私の名前が原子って鈍臭《どんくさ》い理由分かる?」

分かるわけのない正清はちょっと当惑するような表情で黙っていた。

「昔、原節子って清純派女優いたでしょう。父親が、彼女が好きだから原子って名付けられたの。好きだった理由分かる? 単なる色惚け、欲惚よ」と言って一旦黙り込み「私、酔っているのかしら、余計なこと喋ったみたい。……お水くれる」

彼女はコップの水を一気に呑むと、あたかもそれで酔いが冷めたかのようにロを噤んだ。

多分、余計なことを喋りすぎたことに気づいたのだろう。

その夜はそれで別れたが、環家には色々な問題があることが正清にも分かった。

それからもデートを続けたが、以前のように原子は乱れることなく『源氏物語』の講釈を続けた。それが正清には、唯一彼女が自分らしくいられる時間なのだと思って、よく分からぬ話に耳を傾けた。

だがある夜、彼女はまたしても豹変した。

それもなんの脈絡もなく突然「あなたの家《うち》お金持ちそうだけど、いくらくらいあるの？」と訊いてきた。

一瞬、正清は呆然とし「いったいこの女なんなのだ」と思いつつ、どうせなら吹っ掛けてやろうと考え「一兆円くらいかな」と言った。

正清は家にどのくらいの財産があるのか考えたこともないように、原子にも見当がつかぬようだった。

「一兆円……」

国文学のことしか知らぬ女に、金銭感覚がないのは当然のことだろう。

「いったいどうしてそんなことを聞くんだい？」

原子はちょっと考えていたが、「お願い、助けてくれない？」と言った。

「助ける？」

「前にも言ったかどうか覚えてないけど、私、婚約者がいるの。いけ好かない道楽者で父と同業の……父、タマキ通信という会社経営しているんだけど、私、会社のために結婚させられるの……嫌なのよ！」原子の声には悲痛なものがあった。

思わず「僕にできることなら」と正清は言っていた。しかし差し当たって彼にできる目途は思い浮かばなかった。

「恋人になってよ。もうホテルに行ってるような関係だって吹聴してもいいわ。今から本当に行ってもいいわよ」

彼にも原子の切羽詰まった気持はよく分かった。しかしそんなことで事が簡単に成らぬのは、社会人である正清には分かった。よほどの世間知らずか、切羽詰まっているのか？

「結婚式はいつなの？」

「一ヶ月後」

仮に恋人になるのはいい。しかし結婚を破談にするとなると、それなりの違約金も生ずるだろう。それに強欲な環となると相当吹っ掛けてくるだろう。……それにしてもタマキ通信なる会社を彼は聞いたことがなかった。光電気とまったくの畑違いというわけでもない。

「タマキ通信ってどれくらいの規模の会社？」

「よく分からないけど、従業員二、三千人くらいかしら……」

「君が僕の恋人になるのはいいけど、僕と結婚する気あるの？」正清は自分の言っている言葉の意味をまったく自覚していなかったが、突然、原子を「君」と呼んでいたことはその心の現れだった。

「いいわよ」と原子は簡単に答えたが、正清にはその返事がなぜかそれほど意外には思えなかった。なんだかこうなることが分かっていたような気がした。

だが心が落ち着き、現実に自分が結婚するのかと思うと、自分が夢のなかにいるような気がした。

婚約者の件は父に相談するしかあるまい。自宅に帰ると、母の鈴子にも同席してもらって、

「実は結婚したい女性がいるんです」と切り出した。

両親が驚いたように顔を見合わせた。

「それは良かった。お前、一生結婚しないいんじゃないかと思っていたよ」

「本当、母さんも嬉しいわ。一度家に連れてきなさい」

「どんな女性なんだ？」

「それがちょっと問題があって……」

「まさか既婚者じゃあるまいな？」

「そうじゃないけど、彼女には婚約者がいるんです。それも政略結婚で。彼女はそれに耐えられなくて」

「まさか、お前利用されているんじゃあるまいな？」

「とんでもありません。とにかく彼女の頭のなかには『源氏物語』のことしかないような女性ですから」

「『源氏物語』？　今時そんな女性もいるんだ」

「案外、正清には合っているかもしれないわよ」と母。

「その彼女の名前はなんて言うんだ？」

「環原子。家はタマキ通信といって結構大きな会社らしいです」

「聞かん名だな。その環って男が社長で、無理矢理、娘を結婚させようというわけか」

「『源氏物語』に夢中になれる娘さんに、そんな結婚をさせるなんて酷よ」と母。

「とにかく環って男が社長なんだな？　秘書に調べさせる」と言って父は携帯電話を取り上げると、調べるよう命じた。

秘書は知っていたのか、間もなく折り返しの電話が入った。

新興企業で、規模はそれほど大きくないが、社長が、一言でいえば相当あくどく評判はよくない、ということだった。

「まあ金だな、この件は正澄に任せよう、兄には礼を言っておくんだぞ」

正清は思わず涙ぐんでいた。

それを見た父は「それがお前の欠点だ。だが長所でもある」

「そうね」と母。

間もなく兄から「片はついた」と言われたとき「ありがとう」と言いながら、またしても涙ぐんだ。

「バカ」と兄は一言いうと去っていった。正清はその後ろ姿に一礼した。

その後間もなく、正清は兄夫婦を含めた家族一同に原子を紹介した。原子は和服だった。どこか吹っ切れたのだろう。

会食は専属の料理人を呼んでのものだった。原子は笑顔を絶やさなかった。

父が「だいぶ正清に『源氏物語』の講釈を聞かせたそうですね」と原子に言った。

「講釈なんてとんでもありません。ただ正清さんに喋りかけていると自分でいられるような気がして」

「女性はそれでいいんですよ。私なども時々、家内と喧嘩しますが、それでも一人でいるとどこか物足りない。夫婦は二人で一人なんですよ」

「あら、あなたったら、嘘がお上手ね」と母。

「このくらい、嘘が上手でなくては夫婦なんてやっていられないものですよ」

正徹の言葉に一同笑った。

会は和やかに進んだ。そして最後に締め括るように正徹が言った。

「お前にはマンションを用意する。高級マンションじゃないぞ。中級だ。お前にはそれが似合っている」

これは事実上、環家とは縁切りだということである。

「ありがとうございます」

正清は原子を送ってくると言って家を出た。

二人が去ると、「それにしても別嬪だな。あいつにあんな才覚があるとは驚きだ」と正徹が言った。

「でもなんだか私には綺麗すぎて不安だわ」

女性はそういう見方をするのかと思ったが、言われてみればそうである。しかし男の頭に浮かぶのは、所詮、高級ダイヤモンドを所有する不安であって、女の直感ではない。

社内でも正清が結婚するという話は広まったが「へー、あいつがね」と言った程度のものだった。

むろん仲人はいなかったが、事は順調に進み、三ヶ月後の吉日、式は神前で挙げられることになった。

その当日、原子の白無垢の打掛けに角隠し姿は正清にとって感無量であった。父も同感であったらしいが無言だった。母が「ああ、綺麗」と言っただけだった。環家では誰も出席しなかった。

式は初めてのことで正清はそわそわすると同時に、なにか厳かなものが内面に生じつつあるのを感じた。

披露宴に招待された「あいつがね」と思っていた客が驚いたのは、原子がお色直しをして洋装で現れたときの美しさだった。「あいつがね」の意味がまったく逆になった。あのなんの取り得もない正清が、どうしてあんな美人と結婚することになったのか、というのがほとんど客一同の謎となった。そしてそれは一応、光電気の社長の息子だから、ということで渋々納得するしかなかった。

普通の金持ちの息子だったら、新婚旅行は海外ということになろうが、原子の願いもあって行先は伊勢神宮、春日神社といった、ある意味平凡な所になった。春日神社は藤原氏に縁《ゆかり》があるからと、原子が選んだのだった。正清も自分が認められたようで嬉しかった。

彼らの初夜は、どちらもまったくの未経験者なのでうまくいかなかったが、二人は幸福だった。

そして東京に帰り平凡な毎日になっても、その気持ちは変わらなかった。

ある夜、酒が入っていた原子が、ふと洩らした。

「昔、あなたに『源氏物語』の話ばかりしていたの変だったでしょう?」

「うん、多少はね。でも助かったよ」

「助かった？　なんで？」

「僕には原子さんを楽しませるような話題を持っていなかったから」

「ねえもう、さん付けはやめて」

「君だって正清さんだろう」

「あなたは特別だからいいの」

「特別って？」

「私ね、どうも無意識にだけどあなたに光源氏を見ていたの。……もっとも光電気だから確かに光には違いないけど。ただ紫の上になる気は毛頭なかったわ。花散里でよかったの」

「花散里はある意味、日陰者だよ」

「それでも良かったの。ただ温かい男の人に抱《いだ》かれていればよかったの。……私、汚い男しか知らないから」

「お父さん？」

原子は黙って頷いた。

原子の人生はよほど悲惨だったのだと頭では正清にも分かったが、その体験のない彼には理解し得なかった。ただ原子に対する慈《いつく》しみの心は深まった。


平凡で幸福な日々は続いたが、彼のホテルのバーでのウイスキーを呑む習慣は変わらなかった。どこか仕事の一部になっているような感さえあった。

結婚して半年後、正清に吉報が舞い込んだ。妻が懐妊したというのだ。どうして自分のような人間に、こうも幸福が訪れるのかと不安になるくらいだった。

その後も母子ともに健康で、十ヶ月後妻は娘を産んだ。母子ともに健康に問題はなかった。娘の名は母の鈴子の鈴を貰って美鈴《みすず》と名付けられた。

正清がホテルのバーに行かなかったのは、この一週間くらいで、育児休暇を取ったからだった。

「しばらくお見えになりませんでしたね」

「子供が産まれたものでね」

「おめでとうございます。あの女《かた》ですか？」

「そう、その節はありがとう」

「では、当ホテルからお祝いに一杯ご馳走させていただきます」

「ありがとう」彼は嬉しそうに馳走に与った。


しかし好事魔多しの譬えがあるように、原子が娘の夜泣きに耐えられぬといって、すべてをお手伝いさん任せにし、自分は耳栓をして蒲団を被って寝るようになったのである。

お手伝いさんは「そのうち馴れますよ」と言って慰めてくれたが、正清は不安で堪《たま》らなかった。なんとか言って妻を慰めたが、一向に効き目はない。むしろエスカレートしていくくらいで、夜、家を空け深夜になるまで帰らぬこともあった。

さすがに異常だと思って母とも電話で相談したが、「初産《ういざん》だからそういうこともあるかもしれないわよ」とそれほど心配する様子もなかった。

しかし原子の様子はますますエスカレートしていき、深夜ぐでんぐでんに酔って帰ってくることさえあった。

まさか男ができたわけではあるまいとも思ったが、一応、妻の素行を調べてもらうよう探偵社に依頼した。

間もなく返事がきた。

特にこれと言ったことはなく、バーでやや多量の酒を呷り、時折頭を掻《か》きむしり泣いているとのことだった。

その報告に接しても正清には、原子がせっかく子供に恵まれたというのに、どうしてそんな行動を取るのか見当がつかなかった。

とにかくしばらく様子を見ることにしたが、やがて彼の不安は虐待死という危惧に変わっていった。

そしてついに彼の心が切れたのは、彼女が一週間も家を空け、泥酔して夜半に帰ってきたときだった。

「開けてよ、ここは私の家《うち》よ」酔った口調で原子は言った。

正清は心を鬼にして、決して開けまいと覚悟した。

彼女はしどろもどろに「ここは私の家なのよ、私の娘の家なのよ」と言っていたが、そのうち泣き声交じりになり、ついには号泣し始めた。それが一時間ほども続いただろうか、原子は去っていった。

原子への怒りと言うよりは、彼女のなかに号泣しなければならぬなにかのあることが、不憫を感じさせた。彼女に行く当てはないだろうが、カードにはかなりの金が入っている。取りあえずはなんとかなるだろう、と思う外なかった。

第二章

正清は一応、例の探偵社に依頼して、原子のその後の足取りを探らせたが、なんの手掛かりも得られなかった。

それから三週間ほどして原子から郵便物が届いた。住所も姓も記されていなかった。

中には手紙と離婚届が入っており、妻の部分は記入済みで印も押されていた。

手紙には次のように記されていた。

私、あなたや娘を傷つける気なんて少しもなかったのよ。ただ心って自分の意志ではどうにもならないものだと、つくづく思ったわ。どれほど三人の幸福な生活を望んでいたことか。

でも心ってどうにもならないものなのね。本居宣長も言っているように、善神もあれば悪神もある。人の一生は善神から悪神が生まれ、またその逆でもあると言っているわ。

私はやっとあなたとの幸福を摑んだと思った。でも心のどこかに、いつまでもこの幸福が続くわけがない、という不安もあったわ。

『古事記』にあるように、伊邪那岐（男）、伊邪那美（女）の二神が国を産んだという吉善《よごと》は、最後は火の神を産んで女神の死という凶悪《まがごと》を招いた。なんだか私が娘を生んだのは、そのことのように思えるの。お願い、美鈴を吉善に導いてやってね。

私はまさか美鈴の夜泣きが、私をあんなに苦しめるなんて思いもしなかったわ。

でも娘の夜泣きが、私の過去に苦しんだ夜泣きの世界を思い出させてしまったの。あなたとの幸福《しあわせ》が、私の過去のすべてを消してくれたと思っていたけれど、心の過去は消えなかったわ。娘の夜泣きを聞いていると、私の過去の夜泣きの生活が思い出され、いくら掻き消そうとしても消せないの。私の過去の心の闇が突然、ぬっと現れるように。あなたの光でも心の闇は消せなかった。

父は本当のゲス野郎。若い頃はそれほどの金持ちではなかったから、それほど女遊びはできなかった。だから何度も私に手を出してきたわ。それを母が包丁まで持ち出して守ってくれたの。そして会社が大きくなりお金ができると、私には手を出さなくなった。教育も受けさせてくれたけれど、それも愛情からではなく、将来の金の成る木としてだということは分かっていたわ。それはあなたも知っているように、ゲスな男と無理矢理、婚約させられたことからも分かるでしょう。

母はそんな夫のために心労のあげく自殺したわ。でもあのゲスはそんなことがあってもお構いなし。家に女を連れ込むことさえあったわ。

私も自活するために何度もホステスにでもなろうと思ったわ。でも、私はまだ高校生だったし、社交性もなく、それにまだ当時、ホステスって仕事、父のようなゲスばかりを相手にする商売だと思っていたから、どうしてもその気になれなかった。

それに高校のとき国文学、特に女流文学に興味を持つようになったこともあって、国文学系の大学へ行くことにしたの。そして特に『源氏物語』『蜻蛉日記』に夢中になったわ。

だからあなたに無意識にも光源氏を見ていた私は、『蜻蛉日記』の作者に、薄情な藤原兼家とあなたとが同じ姓だと知って、ちょっと嫌な顔をしてしまったのよ。覚えている？
初めは国文学一筋でもよかったけど、そのうち世間のことをなにも知らない自分が偏屈者に思えだしたの。それで一つ大冒険をしてやろうと思って、やっと行き着いたのが例のバー。国文学と違った意味で心の落ち着きが見出せたわ。それでちょくちょく行くようになったの。

初めはあなたになんの関心もなかったわ。そもそも私は現実の男には、興味がなかったの。ただあなたがいつもぽつんと独りで呑んでいる姿を見ているうちに、私のなかにある「かげろう」の感覚が、いつしかあなたにも「かげろう」を見ていたのね。私は勝手にあなたを、女の「儚《はかな》さ」「哀れさ」の分かる男《ひと》だと思ってしまったの。だから小説の光源氏があなたに投影されてしまったのね。でも私にとってあなたは今も光源氏。

正直、ホテルのバーテンダーが私をあなたに近づけてくれたとき、大袈裟な言い方になるかもしれないけど、もしかしたら善神の使いかもしれないと思ったほどよ。だから無意識に『源氏物語』の話をしていたのね。あなたの事も考えずに。

もう『源氏物語』の話なんてうんざりかもしれないけど、なにかあなたの中に「思いつづけながめ給ふ夕暮、かげろふの物はかなげに飛びちがふを『ありと見て手には取られず見ればまた行方も知らず消えしかげろふ』あるかなきかの」印象を覚えたのね。そしてそうだと確信したわ。

美鈴には、私は死んだことにしておいてね。だって私の心、本当に死んでしまったんですもの。でも今、私は不幸じゃないわ。あなたという理想の男《ひと》に会えたんですもの。

私の人生は凶悪《まがごと》から始まり吉善《よごと》に出会い、娘を産んでまた凶悪に至る、それもこれも今は神の御意志だと思えるの。もっとも私は女神ではないけれど。

さようなら。美鈴のことお願いね。それに分かったことだけど、あなたには主婦の才能があるわ。だから安心してあなたから離れることができるの。

つれづれの春日にまがふかげろふのかげ見しよりぞ人は恋しき
（後撰集）

読み終えた正清の心は複雑だったが、同時にかげろうが蜻蛉であることも意外だった。

悲しくも哀れでもあり、環の父親への怒りもあったが、今、彼女が自分と出会えたことを不幸だ、と思っていなかったことがなによりだった。

多分、原子の一生は自分と会わなければ、ただの不幸な一生に終わっていただろう。それを自分のような者に会えたことに吉善を認め、なにもかも神の御意志だと、あたかも悟っているかのような口調が悲しみを誘った。それは彼女が「かげろう」のような一生であることを認め、その諦めの境地は凡人の正清にも哀れを覚えさせた。

そしてなにより、彼女が美鈴という宝を産んでくれたことだった。彼女は女神ではないと言っているが、正清には女神のように思われた。彼の中になにがなんでも、美鈴を立派に育てなければならぬという覚悟が生まれた。

昨朝、出社すると、彼は社長の正徹のところへ行った。

正徹は正清の家に起こっていることの概要は、お手伝いさんを通じて知っているはずである。

挨拶を終えると「お前の家に起こっていることは知っている。お前の報告を待っていたんだ」と事務報告を受けるかのように言った。

彼は懐から原子の手紙を取り出すと「これになにもかも書いてあります」と言った。

「原子からか？」

「はい」

手紙を読み終えた正徹は、しばらく声にも出ぬように無言だったが、しばらくして「環という奴はとんでもない野郎だ」と言った。その声には毒気がこもっていた。「これでは原子を責められんな。この手紙、あずからせてもらってもいいか?」

「はい」

「鈴子が育児放棄だと少し怒っているもんでな。これで誤解もとけるだろう。正澄夫婦にも見せていいか? 春子には育児経験があるから、いろいろ教えてくれるだろう」

「はい、結構です」正清は原子の家庭と自分の家とを比べながら言った。

「ところでお願いがあるんですが……」正清はもじもじしながら言った。

「なんだ。言ってみろ」

「半年間の育児休暇をいただけませんか。美鈴は私の宝ですから」

正徹はちょっと驚いた。一応、男女平等の半年間の育児休暇の制度はあるが、後にも先にも育児休暇を取った男性社員は一人もいなかった。事実上、女性社員のものだった。

「それがお前の覚悟か?」

「はい」
「よし分かった、手配しよう」

正清はいつか原子が帰ってくるように思われ離婚届は出したくなかったが、事務手続上そういうわけにはいかなかった。

正清の離婚と半年間の育児休暇の申請は、社内でたちまち話題になった。おおむね二派に分かれた。「あのぼんくらにあの美人じゃ、奥さんが出てゆくのは当然」派と、「あのぼんくらが育児休暇を取るような勇気をもっているとは意外」派とだった。

その日も帰宅時に例のバーに立ち寄った。有り得ぬことは分かっていたが、原子がいつもの席に座っているような気がしてならぬ心もあった。それにちょっと原子の言う「善神の使い」であるバーテンダーの顔を見たくもあった。

むろん原子はいなかったが、いつもの定位置に座ると、かつての遠い席に原子がいるような気がした。少し心が温まった。

そしてバーテンダーの顔を見た。普通の顔だったが、彼が無意識にもしげしげと見ていたのだろう。

「どうかなさいましたか?」

「あと一日、二日は来られるかもしれないが、転勤でね。もうそう来られなくなるので」

「そうですか。で、どちらへ?」

「大阪」と嘘をついた。

「でも大阪も今では近所みたいなものですよ」

この平凡な中年のバーテンダーのちょっとした好意が、自分の人生を狂わせたことが不思議に思えた。人は自分の人生を自分の意志で生きていると思っているが、原子の言うように本当は神の御意志によって動かされているのかもしれぬと思った。なぜか人間のちっぽけさを感じないわけにはいかなかった。

「ちっちゃいな」と思わず独り言が出た。

「なにか?」とバーテンダー。

「いや、独り言だ。転勤のこともあるし」とまた嘘をついた。

正清が席を立つと「お元気で」と言った。

歩きながら「人の一生なんてなにが起こるか分からんな。一年後、あのバーテンダーがいるかどうかも」と思った。

帰りがけに書店に寄り二冊の育児書と、注釈つきの『源氏物語』『蜻蛉日記』を買った。『源氏物語』は大冊なので、その日はタクシーで帰った。

帰宅するとすでに母の鈴子と兄嫁の春子がいた。

入るといきなり母が「原子さんがかわいそう」と言って泣き声で正清に抱きついてきた。母にそういう一面のあることは知ってはいたが、ちょっと驚いた。

春子も涙ぐんでいた。

父の正徹は厳格な人間であるが、こうした優しさのある人であることを、改めてしみじみと感じた。光電気はこうした社長の存在があって初めて成り立っているのだろう。

家にも一応の育児用品は揃っていたが、彼女らは手一杯の用品を買ってきてくれていた。

「あって邪魔になるものではないでしょう。色々、春子さんに教えてもらいなさい。今度はあなたが母親をやるんですからね」と母は涙声で言ったが、気を取り直すように「でも、まずは食べてからね」と母は買ってきた、お手伝いさんを含めた四人分の弁当をテーブルに並べた。

正清は食べながら涙が流れてきた。

「駄目よ、泣いたりしちゃ。これからはあなたが一家の大黒柱になるんですからね」と母はやや強い口調で言った。

しかし正清の涙は、自分と原子との生い立ちの違いを考えると止まらなかった。

母はそれ以上なにも言わなかった。息子の心を察しているのだろう。

食事を終えると春子の正清への育児教育が始まった。哺乳の一通り、紙おむつの取り扱い、風呂の入れ方等を実地に指導した。そして最後に夜泣きへの対処の仕方まで。それを最後にしたのは春子の思いやりのように感ぜられた。

その間、自分でも女々しいと思いながら、時々、涙を流したが母はなにも言わなかった。

そうして三時間が過ぎた。二人は帰る際、母は「がんばりなさい」と、春子は「なにかあったら言ってね」と言った。

お手伝いさんには、しばらく住み込んでもらうことにした。

二人が帰ってしまうと、正清は嬉しかった反面、心が空っぽになってしまったような、奇妙な虚脱感に襲われた。それは自分が失ったものの大きさと、自分が得ているものの大きさとの落差のようなものだった。

しかしそれもしばらくで、美鈴の声によって破られた。これから一生、自分は美鈴のために生きていくのだ、という心が蘇った。

また眠ったのか、美鈴は静かになった。

彼は『源氏物語』と『蜻蛉日記』とを手に取った。

先ず大冊の『源氏物語』には手が出なかった。それよりも原子の言う「かげろう」なるものが、どのようなものであるかと思って『蜻蛉日記』を手に取った。そしてその解説を読み、その日記の作者が夫・兼家の不実によって、息子・道綱への溺愛が始まったことを知った。

原子にとって兼家が父親であったがために、自分のような凡人に光源氏を見たのだと思った。ホテルのバーで一人孤独にウイスキーを呑んでいる男に、自分のもつ「かげろう」を無意識に投影してしまったのだろう。

確かにそれは誤解かもしれなかったが、そこにあるのは原子の言うとおり、神の御意志かもしれなかった。

そしてふと思ったのは『蜻蛉日記』の作者が息子を溺愛したように、自分も娘を溺愛するだろうことでは、原子が自分に「かげろう」を見たのは当たっていると思った。

正清は『蜻蛉日記』を読み始めた。その初めに、

かくありし時過ぎて、世の中にいとものはかなく、とにもかくにも《（どっちつかずの）》つかで、世に経る人ありけり。かたちとても人にも似ず《（人並みではなく）》、心魂《（才覚）》もあるにもあらで、かうものの要《（役にも立たない）》にもあらであるも、ことわり《（無理ないと）》と思いつつ、ただ臥し起き明かし暮らすままに、……

と書かれているのを読んで、まるで自分のことを言われているように思われた。たしかに「かげろう」に違いなかった。

それが原子には「いとものはかなく」、見えたのかもしれぬが、それはただの「ぼんくら」だったのだ。「はかなく」生きていた彼女の心の闇は、それを見紛わせるほど深かったのだ。正清は彼女の心の闇が見えるような

気がした。

彼はその心の闇を見つめていた。自然、涙が流れてきた。

ようやく自分を取り戻した。そして『源氏物語』を手に取った。解説を読むだけである。

そこで初めて『宇治十帖』のあることを知った。原子が「雲隠れ」でおしまい」と言ったからだった。

さらに解説を読み進んで彼は「ぎょっ」とした。背筋に悪寒のようなものが走った。

「雲隠れ」が白紙で、それが光源氏の死を意味していることを知ったからだった。

と同時に自分の「ぼんくらさ」を痛感した。今日、それらの本を購入したのは、原子への思い出としてであって、これまで読もうともしなかった自分を責めた。

　彼は父から返してもらっていた手紙を、何度も読み返した。しかし読み返せば返すほど、「雲隠れ」と死とが繋がっているように思えた。だが、希望の光を失ったら生きていかれそうもない正清は、その光を膨らませることによってその苦痛に耐えた。

　それは美鈴の夜泣きがすべての原因であるのなら、それが収まる頃には帰ってくるだろう、というかすかな光であった。彼は無意識にもそれが美鈴の夜泣きのせいではなく、原子自身のそれだということから心を逸らしていた。逸らさねば耐えられぬほど、正清の苦悩は大きかったのだ。彼はその苦しみと不安とのなかで朝まで寝つけなかった。

　それでも残務整理のため、翌朝出社した。むしろ仕事が幾分、気持ちを楽にさせてくれた。そして仕事の合間に例の探偵社に電話を入れた。

正清は世間知らずの原子にカードを渡すとき、念のためにその番号を控えておいたのだ。

彼は探偵社の社員にその番号を教え、出金されているかどうか調べてくれるよう頼んだ。相手は渋る様子を見せたが、要は金の問題であるらしかったので、正清は高額な金額を提示した。

「まあ、なんとかなるでしょう。蛇《じゃ》の道は蛇ですからね。でも一回切りですよ」と言い、一週間では無理だから二週間後に報告する、といって電話を切った。

その二週間は苦痛と不安との連続で夜もろくに眠れなかった。しかしまるで母性本能があるかのように哺乳、入浴、おしめ交換等を怠ることはなかった。

お手伝いさんが「手伝いましょうか」というのも断った。しばしばやってくる母も兄嫁も「よくやるわね」といったように感心して見ていた。

しかしそれは正清にとって「よくやる」の問題ではなく、慰めになったからだった。

そして二週間が過ぎた。

原子のカードがまったく使用されていないことを知らされたとき、彼は「そうですか」と答えたものの、頭を棍棒で殴られたような気がした。

念のため環の実家にも電話を入れた。

一瞬、電話口に出たのが女性だったので、原子かと思いおもわず「原子？」と言っていた。

その女性は「原子ですって、そんな女《ひと》、家にいるの？」と誰かに尋ねた。

「家に原子なんて女はいない、そう言ってやれ」と環の怒鳴る声がした。
正清は、かっとなって電話を切った。

原子は、友達はほとんどいないと言っていたが、もし友達を頼っているのなら、その友達から電話の一本も掛かってきてもいいと思うと、彼は真っ黒な谷底に突き落とされたような心地がしたと同時に、そこからの業火に身を焼かれるかのような苦痛に思わず号泣した。

驚いたお手伝いさんが顔を見せたが、正清の心の悲惨さを見たかのように、なにも言わなかった。

彼は女々しく涙を見せる男であったが、号泣したことは一度もなかった。ただ号泣している中で、原子がこの号泣のなかを生きてきたことを悟った。
それでも不思議なことに、美鈴の哺乳、おしめの交換、入浴を忘れることはなかった。

翌日、鈴子と春子とがやってきたが、打つ手がないというように正清を見守っていた。

しかし日が経つうちに、彼の号泣は静まっていった。それは正清自身意識しておらぬことだったが、美鈴のなかに原子の面影を見るような心の変化が起こっていたのだ。

ある日、平静さを取り戻した正清の姿に、母・鈴子はやっと安心した心持ちで帰宅すると、夫にそれを報告した。

正徹は「そうか」と頷いただけだった。

しかし正清には眠れぬ夜が多かった。あれほど原子を苦しめた美鈴の夜泣きさえも、彼には慰めに聞こえた。

そうこうするうち、眠れぬ夜、正清はあれこれ考えている自分を見出していた。

原子が自己紹介をしたとき、彼女が自分の姓を名乗る際、今ではそれが万葉集のものであることは知っていたが、「たまきわる……」の環はすでに割れていたのだと思った。

また彼女が気品ある美しさを持っていたのが、女性の「僾さ」「哀れさ」を知る人であったからだと思い、娘にも将来、古典を学ばせようと思った。彼は机を挟んで講義する自分と美鈴との姿を思い描くと、思わず笑みがこぼれた。まず、それには自分が勉強しなくては、とほとんど決意のようなものが湧いてきた。

そして光源氏が紫の上という最高の女性を育てたように、自分も美鈴をそうして見せると誓った。

またあるときは、自分に光源氏を見た原子が、「自分の名を鈍臭い」と言っていたのを「そうじゃない。君は原子《げんじ》なんだ、藤原原子なんだ。君は光源氏・紫の上にもできなかった美鈴という子を授かったんだ。『雲隠れ』は終わったわけではないんだ」と興奮のなかで脈絡のない心の思いを綴ることもあった。


正清は少しずつ変わっていった。お手伝いさんも母に言って辞めてもらった。

美鈴を乳母車に乗せ、スーパーに買い出しに行くようにもなっていた。

まだ原子を失った陰は残っていたが、美鈴が次第にそれを補ってくれていることを正清も少しずつ自覚していった。「原子、これでいいんだよね」と心のなかで呟くと、彼女が笑顔で答えてくれるような気がした。

そんな変貌ぶりに鈴子も春子も、正直驚いた。どちらかと言えば、なにもできぬ正清だったから。

しかも離乳食のことはともかく、いずれ美鈴の食事のことまで教えてくれと頼まれたとき、春子は「この人は一生独身で娘を育てる気でいるんだわ」とその覚悟を知った。確かに正清に原子以上の女性は現れまい。そんな彼がりりしくも思えたが、同時に哀れを覚えた。

半年も過ぎ、いよいよ出社の日が来た。彼は美鈴を乳母車に乗せると家を出、途中、娘を保育園に預けると、満員電車に揺られて出社した。

奇妙な違和感があった。それは一年以上に亘って起こった様々な出来事から、元の平凡な生活に戻ることによってだと思った。しかし自分の心が元の自分でないことは、身に染みて感ぜられた。心の奥深いところに原子が居、美鈴がいたからだった。

出社するとまず社長室に入ったが、二日前にも会っていたので、一応の挨拶だけで済ませた。

それから関連のある上司、同僚にも復職の挨拶をして回った。

周りに彼が変わったことが分かり始めたのは、復職して一月《ひとつき》ほどしてからだった。少し大きな案件を的確に処理し、また会議でも口数は少なかったが、的を射た発言をした。しかも以前には考えられなかったような大きな仕事も取ってきた。しかも一切それを自分の手柄にせず、上司に譲った。

周りの者は首を傾げた。それが離婚と係わっているくらいの見当をつけるのが精一杯だった。

それでも正清は相変わらず五時頃になると退社した。しかし以前はそれが五時ピッタリだったのが、重要な案件を抱えていると少し遅れることもあったからだった。また、社内では原則禁じられていた書類を、家に持ち帰ることもあった。

昔通り彼は宴会などには出なかったが、以前には有り得なかった同僚の社員に昼食を奢ることもあった。

正清は自分をそう変えたのが、苦しみ、愛だとは分かったが、なぜそう変えたのかは分からなかった。せいぜい艱難汝を玉にす、という諺が出たくらいだった。

ただその愛は、原子や美鈴はむろんだが、家族の愛がこれほど深いものだ、と気づかされたことでもあった。確かに自分は「ぼんくら」だと思ったが、以前と違って仕事に励めるようになったのも、光電気が家族のように思い始めたせいかもしれなかった。

彼が藤原の一族であったにもせよ、次第に社内で一目置かれるような社員になっていった。

ある日父に呼ばれ「お前係長になる気はないか」と訊かれた。

正清は「平社員で結構です」と答えた。しかし父から小遣いを貰うことは止めなかった。出費が増していたこともあったが、それ以上にそれが親子の絆であるような気がしていたからだった。

正清が去ると正徹は「変な奴だ」と思いつつ「まあ、それもいいだろう。それがあいつの幸福《しあわせ》ならば」と考えた。

それに正徹には、彼の欲のなさが気に入っていた。同族会社の破綻の多くが、家族同士の権力争いによって起こっていることを知っていたからである。彼が家族で外食をよくするのは、そのことが頭の片隅にあったからでもある。彼自身も欲のない生活を羨みつつも、欲がなければ生きてゆかれぬのも十分承知していた。

彼は環が欲に溺れ、その欲のために原子は死んでいったのだと思うと、その欲を持たぬ正清を「あいつの幸福《しあわせ》ならば」と考えたのだった。

正清の生活は平凡さを取り戻しつつあった。だが原子のことを忘れることはなかった。美鈴のなかに原子を見たからである。

そしてしばしば『後撰集』の、

つれづれの春日にまがふかげろふのかげ見しよりぞ人は恋しき

を原子の形見のように呟くようになっていた。

そして彼の例のバー通いは「雲隠れ」してしまった。

あとがき

私はこの小説をいかなる構想もなく書いた。しかも私は『蜻蛉日記』も『源氏物語』も無縁な世界を生きる人間である。ただ夢をヒントにしていることは覚えているが、それもただ原子を原子《げんじ》と読ませることができるという記憶だけである。敢えて言えば、本作は私の意識が書いたのではなく、肉体によるものだということである。それについては、同時期に出版した『西洋詐欺文明論』のあとがきで若干触れているが、むしろ本作がプルーストに『失われた時を求めて』、またランボーに「『私』は一個の他者であります」を書かせたメカニズムと同じであることは、前作『天才論』で論じている。

著者プロフィール

堀江 秀治（ほりえ しゅうじ）

昭和21年生まれ。東京都出身、在住。
慶應義塾大学を卒業、その後家業を継ぐ。
特筆に値する著書なし。

かげろう源氏物語

2023年 9 月15日　初版第 1 刷発行

著　者　堀江 秀治
発行者　瓜谷 綱延
発行所　株式会社文芸社
〒160-0022　東京都新宿区新宿1－10－1
電話　03-5369-3060（代表）
03-5369-2299（販売）

印刷所　図書印刷株式会社

ISBN978-4-286-24518-8

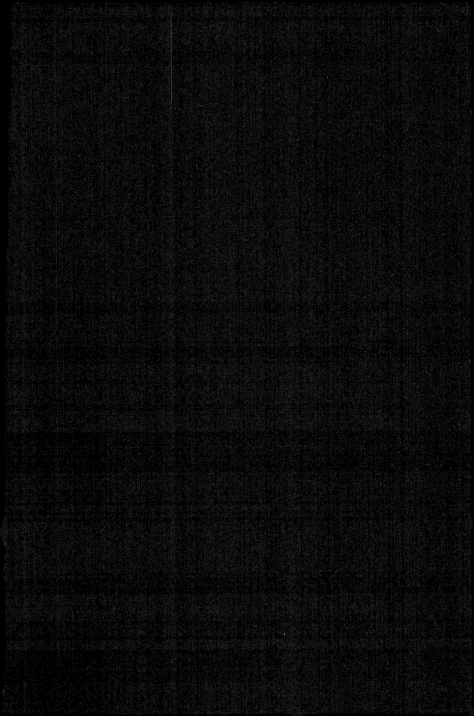